Le lapin de la classe

À Judith, à son ami Nataël
et aux copains-copines qu'ils se feront au CP !
M.

Pour Caroline, ses CP parisiens
et sa princesse Jeanne.
E. R.

www.flammarion-jeunesse.fr
www.jesuisencp.fr

Éditions Flammarion – 87, quai Panhard-et-Levassor – 75647 Paris Cedex 13
ISBN : 9782081485549 – N° d'édition : L.01EJEN001632.A004
Dépôt légal : août 2019
Imprimé en Espagne par Liberdúplex – novembre 2021
Loi n° 49-956 du 16 juillet 1949 sur les publications destinées à la jeunesse

Le lapin de la classe

Texte de
Magdalena

Illustrations
d'**Emmanuel Ristord**

CASTOR POCHE

Notre classe de CP

Pour lire l'histoire, tourne la page !
Pour des activités autour de la lecture, va page 34 !

Aujourd'hui, Maîtresse Julie arrive avec un carton dans les bras.

Elle pose le carton sur son bureau,
met le doigt devant sa bouche, et dit :
« Chut ! »

Toute la classe se tait et écoute,
même Basil le bavard.

Dans le silence,
on entend des petits bruits…
« À votre avis, qu'y a-t-il dans ce carton ?
Vous pouvez me poser des questions »,
dit Maîtresse Julie.

NY

Chaque enfant pose une question,
et à chaque fois, la maîtresse répond.
« C'est vivant ? demande Basil.
– Oui ! »

« C'est gros ? demande Samir.
– Non, pas très.
– C'est dangereux ? demande Fatou.
– Oui ! Mais non, plaisante Maîtresse Julie.
– C'est pour qui ? demande Ana.
– Pour la classe. »

« Je sais. C'est un animal ? demande Téo.

– Oh… tu chauffes.

– Un chat ? propose Léa.

– Non, mais notre animal a aussi des poils.

– Alors un chien ? demande Noé.

– Non plus ! Cherchez encore. »

« Une tortue ? demande Lou.

– Mais non, elle a dit avec des poils ! répond Mia.

– Un cochon d'Inde ? propose Alice.

– Non, c'est plus gros.

– Un lapin, dit Selma.

– Oui, bravo, tu as trouvé ! »

Maîtresse Julie libère le bébé lapin
et dit :
« Voici le lapin nain qui va vivre
avec nous dans la classe. »

Le bébé lapin commence
par se cacher dans un coin,
puis il vient renifler les enfants.
« Il vient voir si on sent des pieds ! »
dit Basil en riant.

« Il n'est pas sauvage, dit Réda
qui le prend dans ses bras.
– Et il est tout doux,
dit Samir en le caressant.
– Il lui faut une cage, dit Alice.
– Et aussi de la nourriture », ajoute Tim.

« Mais… on ne peut pas le laisser seul ici le week-end, s'inquiète Mia.

– On le prendra chacun notre tour à la maison », propose Alice.

« Il faut lui donner un nom, dit Lou.
– Comme “Chocolat”,
car il est marron ! » dit Selma.

Chacun propose un nom,
et Maîtresse Julie copie la liste
au tableau.

Grignote Chocolat
Lulu Pinpin
Câlin Rapido
Fripouille Cachou

Ensuite, la classe vote.
C'est « Rapido » qui est choisi,
car le bébé lapin se déplace très vite.

L'après-midi,
la vétérinaire vient dans la classe.
Elle annonce :
« Ce n'est pas un lapin mais une lapine,
et elle pourra avoir des lapereaux !
– Alors, il faut changer son nom »,
dit Fatou.

Le temps a passé.
Rapida est devenue grande et grosse.

Plus rien ne traîne par terre,
car Rapida grignote ce qu'elle trouve.
Tout est en hauteur maintenant !
Sauf le goûter que Basil a fait tomber.
Et c'est Rapida qui est en train
de le manger !

Je joue pour bien lire

1 **Lis** le son « sss ».

sa

so | si

sé | su

sou | son

sai | se

soi

2 **Montre** les mots qui sont féminins.

une chaise

un vélo

une tarte

une voiture

un arbre

3 **Entraîne-toi** à lire les mots suivants, qui contiennent le son « in », comme dans « lap**in** ».

pain

raisin

sapin

copain

chemin

matin

Réponse : 2) une chaise, une tarte, une voiture.

Je joue pour bien comprendre

1 **Choisis** la bonne réponse.

1. Le lapin nain est :

a. marron

b. noir et blanc

2. Qui vient examiner le lapin ?

a. la dentiste

b. la vétérinaire

3. La lapine s'appelle :

a. Chocolat

b. Rapida

Réponse : 1-a ; 2-b ; 3-b.

2 **Complète** les phrases avec les mots suivant.

dangereux | vite | doux

1. Le lapin nain n'est pas du tout ....
2. Les poils du lapin nain sont ....
3. Le lapin nain se déplace ....

3 **Trouve** le petit de chaque animal.

1. Le bébé lapin, c'est :

a. le lapereau

b. le lapinou

2. Le bébé chat, c'est :

a. le chamois

b. le chaton

Réponses : 2) 1. dangereux ; 2. doux ; 3. vite. ; **3)** 1-a ; 2-b.

Je suis en CP

Retrouve les histoires de **Je suis en CP** pour t'accompagner tout au long de l'année.

1

C'est la rentrée !

Dispute à la récré

Le nouveau

C'est l'automne !

Alerte aux poux !

La fête à la cantine

Journée à la ferme

Un chien à l'école

Il neige !

Noël à l'école

Jaloux !

La galette des reines

Quelles histoires as-tu déjà lues ?
Quelle est ta préférée ?
Lesquelles aimerais-tu lire ?

Toute l'actualité de la collection,
les astuces de Magdalena et plein d'autres surprises,
sur **www.jesuisencp.fr**

2

Jour de piscine

La remplaçante

Le bras cassé

Les anniversaires

Le lapin de la classe

Lou a deux maisons

Les toilettes de l'école

Noé a un secret

C'est carnaval !

3

Les amoureux

La fête de l'école

La classe de mer

Chez les pompiers

La médaille d'or

Au centre aéré

La maîtresse se marie

Vive les vacances !

La chasse aux œufs

Je suis en CP

Pédagogie Montessori

Mieux apprendre grâce aux neurosciences dans le respect du rythme de chaque enfant.

Une méthode de lecture

DÈS 5 ANS

et 5 cahiers d'apprentissage